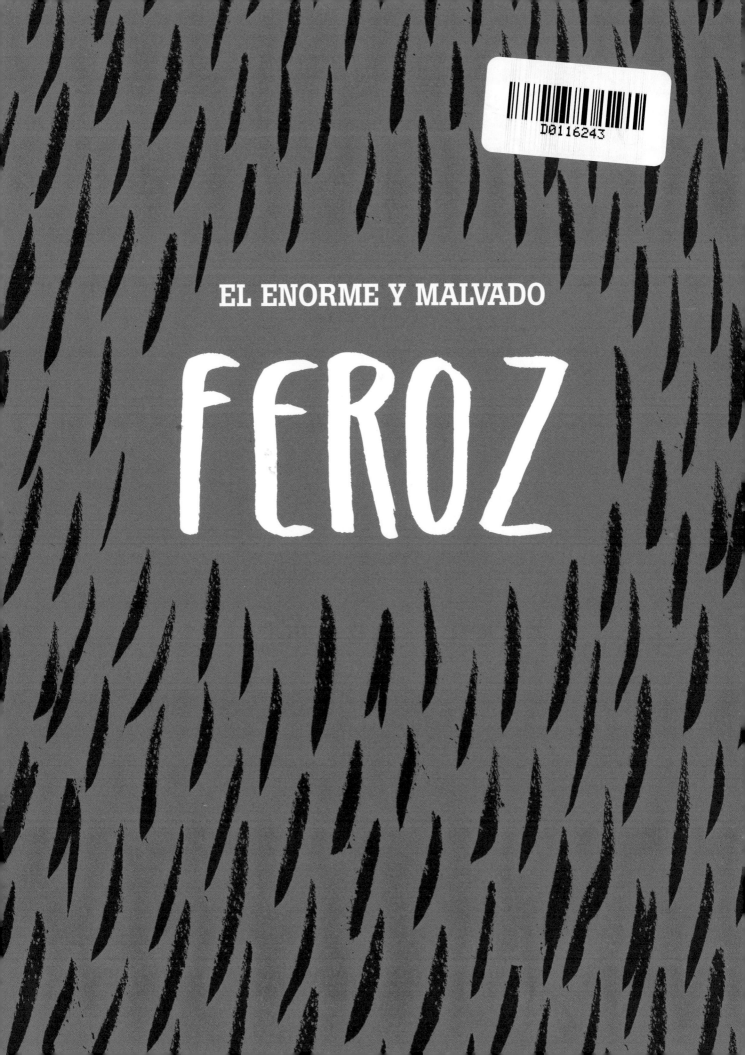

EL ENORME Y MALVADO

FEROZ

Título original: *Le grand méchant Graou,*
publicado por primera vez en El Líbano por Samir Éditeur
© Samir Éditeur, 2015
Texto: Ingrid Chabbert
Ilustraciones: Guridi

© Grupo Editorial Bruño, S. L., 2016
Juan Ignacio Luca de Tena, 15; 28027 Madrid

Coordinadora de la colección: Ester Madroñero

Dirección Editorial: Isabel Carril
Coordinación Editorial: Begoña Lozano
Edición: Cristina González
Traducción: Virtudes Tardón
Preimpresión: Alberto García

ISBN: 978-84-696-0613-1
D. legal: M-23272-2016

www.brunolibros.es

EL ENORME Y MALVADO

FEROZ

Ingrid Chabbert · Guridi

CUBILETE

Esta es la historia
del enorme y malvado Feroz.

Feroz se parece mucho
a un lobo, pero nadie sabe
si es un lobo de verdad…
¡y nadie lo quiere comprobar!

Y es que Feroz
aterroriza a la gente.

Solo con oír su nombre…
¡tiembla de miedo
hasta el más valiente!

Pero la verdad es que
él no se ha comido a nadie
en toda su vida…
¡Ni siquiera un mordisquito
en una pantorrilla!

Simplemente,
Feroz procura evitar a la gente.
No le gustan sus gritos,
sus llantos, sus armas…

Él prefiere
perseguir mariposas,
nadar en el río
y echarse la siesta al sol
tan tranquilo.

Un buen día,
mientras descansa
sobre la hierba,
una vocecita le despierta…

—¡Hola, Feroz!

Se trata de una niñita
toda vestida de rojo
¡y no hay ni una pizca
de miedo en sus ojos!

—Pe…pe…pero…
¿de dónde sales tú?
¡Aquí no puedes estar!

—¿Por qué?

—Porque esta es mi casa.

—¡Pues me da igual!

Desde luego, ¡la niñita es valiente!

—¡Quiero que te vayas ahora mismo!

—¿Pero por qué me quieres echar?

Feroz ya no aguanta más.
¡Esa mocosa se va a enterar!

Respira hondo,
abre su enorme boca
y suelta un aullido terrorífico.

Pero la niñita ni pestañea.
¡Solo se ha despeinado un poco!

—¡No me asustas!, ¿te enteras?

—¡Ya está bien! ¡Como no te largues
ahora mismo, te voy a comerrrrrrrrrrrr!

—Bah, eso no es verdad.

—¡Eh, que yo no miento!
¿Ves qué dientes más afilados tengo?

—Mira que te gusta asustar…

—¡Vamos! ¡Largo! ¡Hasta nunca!

—Pues peor para ti…
Yo solo quería ser amiga tuya.

Antes de irse,
la niñita le deja un libro
con las tapas muy desgastadas.

Feroz se queda de piedra…
Hasta ese día,
¡jamás le habían regalado nada!

Muy asombrado,
ve cómo la niñita se aleja.

Feroz se tumba en la hierba,
empieza a leer el libro…

¡Y enseguida descubre
que le encantan
esos cuentos tan bonitos!

¿Quién iba a pensar
que tener una amiga
podía ser algo maravilloso?

Pero es demasiado tarde:
la niñita ya está muy lejos
¡y Feroz se siente tan tonto…!

Por suerte, la niñita
no se da por vencida así como así…
¡y al día siguiente está otra vez ahí!

—¡Hola, Feroz!

—Oh… Hummm…
¿Y ahora qué se te ha perdido?

—¿Todavía no quieres ser mi amigo?

Feroz suspira.
¿De verdad quiere seguir
estando solo en el mundo?
Porque eso podría cambiar en un segundo…

—¿Quieres que te lea un cuento?

—Hummm… Pensaba echarme la siesta.

Y aunque Feroz
intenta disimularla...,
¡su sonrisa es
tan enoooooorme
que no cabe
en esta página!

—¡Genial! ¡Yo también tengo sueño!

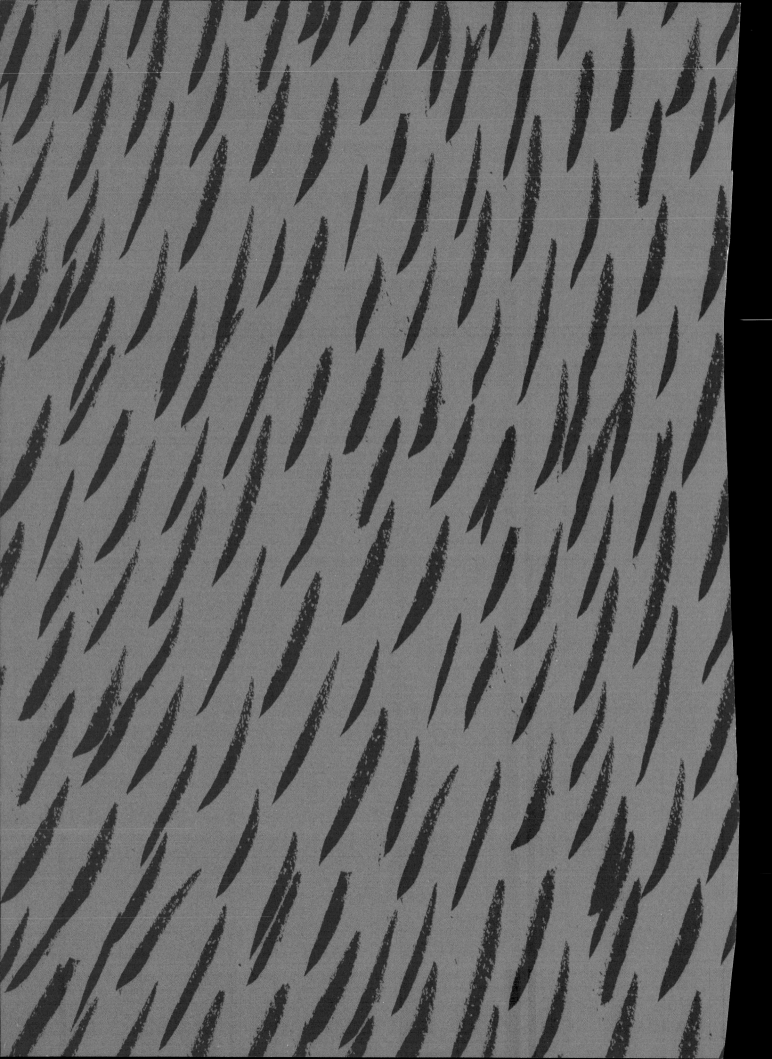